AF316859

ÉTRENNES

D'ARISTE

A MAÎTRE PIERRE.

Prix : 30 centimes.

AU MANS,

Chez l'Auteur, rue Sainte-Ursule,

N.º 8.

1816

ÉTRENNES

D'ARISTE

A MAITRE PIERRE.

Pierre. Monsieur, je vous souhaite la bonne année, et je viens chercher mes étrennes.

Ariste. Je vous remets les subsides.

Pierre. Vous ne m'entendez pas. Mes étrennes, ce sont de bonnes paroles, de bonnes instructions, comme vous avez eu la complaisance de m'en donner à la Toussaint. Pour les subsides, ne m'ôtez pas le plaisir de vous les apporter en temps propice. J'ai bien réfléchi sur toutes les choses que vous m'avez dites, mon cher monsieur. Croyez-vous que cette année-ci soit enfin la bonne?

Ariste. Je l'espère.

Pierre. Que s'est-il passé depuis le mois de septembre, s'il vous plaît?

Ariste. Rien, s'il faut en juger sur l'apparence ; car aucun événement digne de remarque n'a excité l'attention des gens avides de nouveautés.

Pierre. Mais ces deux chambres qui sont assemblées depuis deux mois, à quoi donc ont-elles employé leur temps ?

Ariste. A mûrir, dans de petites assemblées secrètes, les projets de lois que leur ont présentés les ministres. Quand ce travail sera terminé, les projets seront soumis à une délibération publique.

Pierre. Le budjet sera-t-il fort ?

Ariste. Cela ne peut être autrement.

Pierre. Oh! le pis n'est pas de payer l'impôt.

Ariste. Qu'est-ce donc, Pierre ?

Pierre. C'est de ne pas savoir quand cela prendra fin.

Ariste. Quand les dettes de l'état seront acquittées ; et elles ne tarderont pas à l'être, si chacun paie bien sa part, si nous sommes unis entre nous, et si nous avons la patience de supporter les privations que le malheur des temps nous impose.

Pierre. Cela est bien facile à dire, pour vous autres bourgeois. Vous retranchez un plat de votre table, vous portez le même habit toute l'année ; et madame, un chapeau, une robe de moins ; vous buvez du vin du crû au lieu de vin de Bordeaux ; vous allez à cheval, ou même à pied, au lieu de rouler en voiture ; et ces petites rognures sont toutes vos pertes.

Mais le morceau de pain du malheureux! sa femme, ses enfans!

ARISTE. Mais le prix du bled, Pierre! voilà pour le cultivateur et les gens qu'il nourrit. Quant au morceau de pain du malheureux, il est garanti par l'intérêt et l'humanité de la classe aisée. Une grande misère est un appel fait aux riches, et déjà nous voyons qu'ils l'ont entendu. Une contribution volontaire va s'ouvrir dans chaque ville pour subvenir aux besoins des pauvres, et les petites rognures vont former une grosse masse de secours que répartira une administration sage, et que des mains bienfaisantes distribueront au travail, à l'enfance, à la vieillesse et à l'infirmité.

PIERRE. Et si la contribution volontaire ne donnait rien?

ARISTE. Je n'admets point cette supposition; mais dans tous les cas on peut se reposer sur la sagesse attentive du gouvernement, qui forcerait l'égoïsme à soulager l'indigence. La France a su résister, dans tous les temps, à de bien plus terribles assauts. Pierre, soyez tranquille.

PIERRE. Monsieur, les dernières élections ont elles fourni de bons députés?

ARISTE. Elles ont produit une bonne chambre.

PIERRE. Que vont faire les chambres, outre le budjet?

ARISTE. D'abord, une loi sur les élections. Il est probable que tout Français payant 300 francs et au-dessus de contributions directes, sera de droit électeur,

PIERRE. Voilà des électeurs qui ne donneront pas de peine à nommer : tant mieux, n'est-il pas vrai, monsieur ?

ARISTE. Oui, Pierre ; et les préfets ne pourront plus exercer une partie des droits de la nation, en nommant soit un dixième, soit un vingtième des électeurs. Les chambres s'occuperont ensuite de la liberté individuelle.

PIERRE. Sans un peu de honte, je vous demanderais ce que vous entendez par liberté individuelle ; car, s'il vous en souvient, vous ne me l'avez pas dit à la Toussaint.

ARISTE. En France, chaque individu est libre selon la charte ; c'est-à-dire qu'il ne peut être maintenu en arrestation qu'en vertu d'un ordre *écrit* du magistrat seul que la loi désigne à cet effet.

PIERRE. Quel est ce magistrat ?

ARISTE. C'est le juge d'instruction ou le prévôt.

PIERRE. Le prévôt! ce nom-là me fait peur.

ARISTE. Il ne doit intimider que les coupables.

PIERRE. Et s'il plaisait à ces messieurs-là de laisser pourrir un individu dans les prisons ?

ARISTE. Cela ne dépend pas d'eux : il faut que la procédure marche de suite après l'arrestation, et le jugement après la procédure.

PIERRE. Mais n'y a-t-il pas moyen d'allonger cette procédure ?

ARISTE. Oui, pour quelques jours, et même pour quelques semaines ; non pour long-temps, à moins que le délit ou le crime dont on est accusé n'exige de grandes informations ou de forts délais pour acquérir les preuves; et ces cas-là sont rares.

PIERRE. Monsieur, tout homme peut pécher, et les juges sont hommes.

ARISTE. La lenteur de la justice, avec toutes ses formes, est toute au profit de l'innocent.

PIERRE. Je le veux bien, monsieur; mais en attendant l'innocent a gardé prison.

ARISTE. Vaudrait-il mieux que trop de précipitation le fît condamner? Une fausse accusation porte encore plus de préjudice au dénonciateur ou au magistrat qui l'accueille, qu'à l'accusé lui-même.

PIERRE. N'y a-t-il pas une personne pour accuser devant les juges?

ARISTE. C'est le procureur du roi.

PIERRE. Quelqu'un m'a dit que ce monsieur-là était toujours l'avocat du diable.

ARISTE. Il ne doit être que l'avocat de la justice; il ne doit parler que selon sa conscience, et ne requérir l'application d'une peine que d'après sa pleine conviction. Le magistrat qui se croirait accusateur par état, serait procureur de l'injustice, et non pas procureur du roi.

PIERRE. D'accord; mais enfin s'il lui convenait de poursuivre et d'accuser à tort et à travers?

ARISTE. Le tour des juges arriverait.

PIERRE. Ne peut-il pas appeler du jugement, après avoir fait traîner le procès?

Ariste. Il le peut en matière correctionnelle.

Pierre. Et qu'arrive-t-il ensuite?

Ariste. La cause est portée au tribunal supérieur.

Pierre. Encore des semaines, un voyage et des frais. Avec des semaines on fait des mois; avec de la dépense et point de recette, on est ruiné; avec de l'inquiétude et du chagrin, on tombe malade; et l'innocent, au sortir de la prison, pourrait bien aller mourir à l'hôpital. Monsieur, je voudrais que, dans aucun cas, il ne fût permis d'en appeler d'un jugement qui absout.

Ariste. Pierre, je le voudrais aussi; mais le code pénal est là.

Pierre. Pourriez-vous, sans courir danger d'être traduit devant les tribunaux, dire tout haut que le code pénal a besoin d'être revisé sur cet article?

Ariste. Oui, certes, je le puis.

Pierre. Ah! monsieur, vous me consolez : dites-le donc, dites-le vîte, et bien haut. Je reviens à votre premier discours. Pourquoi les chambres vont-elles s'occuper encore de notre liberté individuelle, puisque la charte et le code pénal ont tout fait sur ce point?

Ariste. Une loi avait suspendu l'exécution de la charte et du code pénal relativement à la liberté individuelle. Cette loi, rendue pour des temps difficiles, donnait aux préfets de grands pouvoirs; mais aujourd'hui que la paix intérieure commence à renaître, les ministres proposent de se charger eux-mêmes, sous leur responsabilité, de prendre toute mesure qui enle-

verait un citoyen à ses juges naturels, pour le déte-
nir ou le mettre en surveillance.

Pierre. Mais, monsieur, les ministres ne pourront
pas être partout. Comment sauront-ils que ce citoyen
mérite d'être détenu ou surveillé?

Ariste. Par les rapports des autorités placées sur
les lieux.

Pierre. Et les premières autorités, ce sont les préfets. Ainsi donc, ils n'arrêteront plus; mais ils pourront toujours faire arrêter.

Ariste. Non pas. Les ministres, formant le conseil
du roi, ne jugeront que d'après de bonnes raisons, et
ne se laisseront point aller aux passions locales.

Pierre. Monsieur, n'y avait-il pas quelque chose
de semblable dans l'ancien régime? N'enlevait-on pas
Pierre et Paul à ses juges naturels, *de par le roi*, et ne
les enfermait-on pas entre quatre murailles, sans
procès?

Ariste. Oui, par lettres de cachet : mais il n'y a
rien de commun ici avec cet usage despotique. Les
lettres de cachet, signées en blanc, remises entre les
mains d'un ministre, étaient un monstreux abus; au
lieu qu'ici le conseil entier du roi délibérerait sur la
mesure proposée, et que des formes protectrices don-
neraient aux personnes dénoncées le temps et la faculté
de réclamer auprès du gouvernement. Au reste, je
pense que déjà ce gouvernement est assez fort pour
n'avoir plus besoin du secours des lois provisoires, et

que le temps est venu de prendre la charte et les codes pour règle unique de conduite.

Pierre. Combien dureraient-elles donc encore, ces lois qui suspendent les lois?

Ariste. Un an.

Pierre. Y en a-t-il aussi concernant les imprimés?

Ariste. Quand je vous dis, à la Toussaint, que la liberté de la presse existait pour les écrits de toutes les formes, j'oubliai d'ajouter : *excepté pour les jour-naux.*

Pierre. Rien que cela? Nous serions donc encore un an sans avoir de francs journaux?

Ariste. Attendons la décision des chambres et la sanction du roi.

Pierre. J'ai ouï dire que l'on pouvait cependant chicaner la liberté de la presse, et voici comment : Je suppose que vous ayez fait un livre; on le dénonce à tout hasard; on l'arrête, et vous ensuite; on vous juge un mois ou deux après; on vous acquitte; on appelle du jugement; on vous rejuge et l'on vous acquitte encore; vous et votre livre vous redevenez libres; mais deux à trois mois de prison vous ont dégoûté du métier, et le livre peut rester en toute liberté chez les marchands.

Ariste. Je vais faire aussi ma supposition : Je suis arrêté, n'est-ce pas? mais j'écris toujours; je suis en prison, mais j'ai la force de souffrir, je me console par l'espérance, je suis indemnisé par le suffrage de l'opinion publique; je suis acquitté, c'est une raison de plus pour ne pas me dégoûter d'un rôle honorable; mes efforts redoublent pour me concilier des lecteurs, et mes écrits ne font que passer chez les libraires.

PIERRE. Et si l'on recommence.

ARISTE. Ne puis-je pas recommencer aussi? Mais n'allons pas plus loin. Les ministres proposent aux chambres de faire une loi, en vertu de laquelle l'auteur d'un écrit séquestré puisse mettre opposition à la saisie. Dans le délai de huit jours, le tribunal civil serait tenu de maintenir ou de lever le séquestre, faute de quoi l'écrit pourrait être remis en vente.

PIERRE. Voilà qui est bon et juste, monsieur; les ministres du roi ont bien fait leur devoir, et Pierre est content d'eux; je vois que nous nous acheminons tout doucement du côté de la liberté toute entière. Ce n'est pas qu'il ne se trouve encore par-ci par-là de ces honnêtes gens qui se vantent de l'être tous seuls. Ils se fâchent de ce que nous autres laboureurs (et même les demi-paysans, comme ils disent), nous nous croyons aussi des hommes. A les entendre, c'est un grand mal que nous sachions lire, et c'est indigne que de vouloir nous apprendre que nous avons des droits. Ils appellent cela prostituer sa plume.

ARISTE. C'est une erreur assez commune encore; et pourtant il n'est point de plus noble tâche aujourd'hui que celle d'écrire pour les ignorans. Quand tout le monde l'est, on ne se sent point malheureux. Quand une petite partie seulement est instruite, elle finit

bientôt par abuser de sa supériorité ; quand les con-
naissances parviennent à rompre les digues qu'on leur
oppose, et qu'elles se répandent dans toutes les classes,
il devient impossible de faire rentrer le torrent dans
son lit, et mieux vaut en diriger le cours que de vouloir l'arrêter : il ne s'agit point de rendre le peuple sa-
vant, mais bien de l'accoutumer à voir juste dans ses
intérêts, de développer dans un langage qui soit à sa
portée le sentiment du juste et de l'injuste, commun à
tous les hommes ; de parler de ses devoirs à chacun, en
lui parlant de ses droits. La révolution a tout ébranlé :
idées, habitudes, mœurs, intérêts ; mais le terrain
commence à se raffermir : nous ne marchons plus sur
des ruines ; nous nous familiarisons insensiblement avec
notre position nouvelle : orientons-nous, et que les
plus expérimentés enseignent aux autres ce qu'il y a
de mieux à faire pour le bonheur de tous.

PIERRE. Et ce n'est point là ce qu'ils veulent. Les
honnêtes gens doivent s'orienter pour eux seuls ; et nous,
nous devons rester là, le bandeau sur les yeux, pour
que ces messieurs nous mènent à leur guise : voilà bien
ce qu'ils pensent et ce qu'ils disent, monsieur.

ARISTE. Je le sais, Pierre ; mais le bandeau est à
bas, et ceux qui voudraient le remettre sont pis que
les ignorans ; car tout le fruit d'une grande expérience
est perdu pour eux. Ils ont beau s'agiter dans tous les
sens, le résultat de leurs efforts n'est et ne sera jamais
que la conviction de leur impuissance. L'activité, la
bravoure, les talens et les lumières passent de jour

en jour dans l'immense parti constitutionnel. Que reste-t-il dehors? quelques intrigans, quelques sots orgueilleux et quelques dupes.

PIERRE. Ces pauvres dupes! il faut les plaindre; mais les sots orgueilleux!

ARISTE. Ne les regardez pas.

PIERRE. Et les intrigans?

ARISTE. Il faut les démasquer. Écoutez-moi, Pierre; quand vous verrez un bon ecclésiastique prêcher dans son village la paix, la concorde et la charité chrétienne; assister de ses conseils, de ses consolations et de ses soins les bonnes gens de sa paroisse; exercer avec simplicité, zèle et désintéressement, la sublime fonction d'instruire l'ignorance et de donner l'exemple de la vertu, dites que cet homme mérite confiance, affection et respect. Mais quand vous rencontrerez un prêtre affichant le mépris de toutes convenances, homme de plaisir, chasseur, prodigue, faisant des dettes au lieu d'aumônes, dédaignant même les dehors et jusques à l'habit de son état; ou bien tel autre pasteur expédiant sa messe en cinq minutes, diligent en affaires, paresseux à table, se montrant par-tout, se mêlant de tout, à l'affût des successions, grand faiseur de mariages; pensez que de tels hommes sont des intrigans; mais séparez bien l'individu de sa profession, car de telles gens sont rares.

PIERRE. Oui, monsieur; c'est bon pour la ville.

ARISTE. Quand vous verrez un ancien seigneur de paroisse, affable sans être familier, trop sensé pour être orgueilleux, bienfaisant, bon père de famille, oubliant ses fiefs, soutenant la noblesse de son origine par celle de ses sentimens; dites que si tous les nobles eussent ressemblé à celui-là, comme tous les ecclésiastiques au premier de ceux que je vous ai peints, la révolution ne serait point arrivée.

PIERRE. Non, monsieur, elle ne serait point arrivée; car personne n'aurait refusé de prendre sa part des charges de l'état.

ARISTE. Mais quand vous rencontrerez de ces hommes auxquels il ne reste plus rien de noble que le nom, jadis grands amis du roi, parce qu'ils avaient la folie d'espérer ce que sa haute sagesse n'a pas cru devoir faire; aujourd'hui mécontens, parce que leurs belles espérances sont déçues; dites que de pareils gentilshommes n'ont rien de commun avec les Bonchamp, les Lescure, les Charrette, ces héros du parti royaliste, auxquels les plus fougueux démocrates se plaisaient à rendre justice. L'esprit d'intrigue est plus fort chez eux que l'esprit de parti.

PIERRE. J'en connais quelques-uns. Ils se fâchent de ce que nous leur disons qu'il y a des lois; et pour cela, monsieur, ils nous accusent de vouloir brûler leurs châteaux.

ARISTE. Cette accusation est de mode dans quelques salons, mais elle n'est pas de saison dans l'opinion publique. Où serait donc le scélérat insensé qui pourrait se rendre coupable d'un crime sans but, sans utilité pour lui? A quelle fin de pareilles horreurs? Serait-ce encore pour anéantir jusqu'au dernier vestige des titres féodaux? Mais ces titres ont perdu toute valeur. Serait-ce par vengeance? Mais nous avons des lois pour secourir le faible contre l'abus de la force. Par esprit de parti? mais où se réfugierait le criminel? aurait-il là tout près de lui une bande armée pour le soustraire à l'action vigilante de la justice? Pierre, aujourd'hui plus que jamais, la sauve-garde des châteaux est dans les chaumières.

PIERRE. Monsieur, je conçois bien pourquoi des nobles et des prêtres ne veulent point que tout le monde soit libre; mais ce qui ne peut entrer dans mon esprit, c'est que parmi les bourgeois, et même plus bas encore, il s'en trouve de plus entichés contre la liberté du peuple, que s'ils étaient de grands seigneurs.

ARISTE. Dans les uns, cela vient du respect qu'ils portent aux usages de nos pères; dans les autres, c'est un faux orgueil qui ne pouvant se justifier à ses propres yeux, leur fait adopter l'orgueil d'autrui; dans les autres, c'est le besoin de servir et l'habitude de ramper; dans les autres enfin, c'est une ambition turbulente, la vanité s'unissant à la bassesse, et la cupidité à l'hypocrisie. Cette dernière variété est la dernière classe des intrigans. Suivez-les dans leur carrière politique; suivez-les, si vous le pouvez; car leur vie aventurière les a transportés dans des pays si différens et sur des théâtres si divers, qu'il ne serait guère possible à l'observateur le plus exact et le plus infatigable d'en recueillir tous les détails. On est réduit à juger de ce qu'on ignore par ce qu'on sait. Au reste, plus nous allons, plus le rôle de ces valets de parti devient accessoire, plus il tend à la nullité. L'empire absolu de la charte finira par absorber tous les intérêts qui lui sont contraires.

PIERRE. Dieu vous entende, monsieur, et vous ait accordé le don de prophétie!

ARISTE. Grand merci, Pierre! Je ne voudrais point de ce don : il me rendrait trop malheureux.

PIERRE. Pourquoi cela? Une fois que vous auriez prédit juste, on vous écouterait comme un oracle.

ARISTE. Si j'étais prophète de malheurs, on me dénoncerait comme un propagateur d'alarmes; et dans le cas contraire, comme inspirant au peuple des espérances coupables : car il existe des bonnes gens qui me diraient : vous annoncez un heureux avenir, donc vous conspirez en idée contre le présent.

PIERRE. Ah! monsieur, ces bonnes gens-là me font trembler.

ARISTE. Rassurez-vous, Pierre; ni vous, ni moi, nous ne voulons être prophètes; ou si quelquefois le desir ardent que j'ai de voir ma patrie heureuse me poussait à considérer par quels moyens elle peut le devenir, ce serait toujours de notre condition présente que je partirais; ce serait de ce que nous avons que je ferais sortir ce que nous aurons. L'accord des sentimens et des volontés amènera bientôt l'accord des institutions; les lois provisoires passeront; la charte seule restera; la France redeviendra elle-même, et il n'y aura de malheureux que les pervers; c'est ce que je puis vous annoncer sans craindre d'être appelé séditieux, sans être ni sorcier, ni prophète.

PIERRE. Amen! Ainsi soit-il! J'emporte mes étrennes.

RIGOMER BAZIN.

De l'imprimerie de RENAUDIN, rue des Trois-Sonnettes, N.º 9.